草灰集

刘天柱

生活·讀書·新知 三联书店 生活書店 出版有限公司

目　录

序　言（陈伟明）………1

夏夜荒言（代序）………7

夜　色………9

癸巳晚秋，作于贵阳………9

宛若——寄到莱茵河畔………10

迁　流………10

有　赠………11

指　点………11

此　生………12

千　花………12

常州，拜名山老人墓………13

从苏州入太湖道中………13

太湖西山……14

从苏州赴上海……14

题晏志坚兄山水图卷……15

癸巳中秋后一夜……15

湘浙青年书法联展观后……16

赠朱杰兄……18

去　来……19

七子之歌……19

别　有……20

秋　响……20

秋　来……21

呈秋泉刘先生……21

秋夜雨后……22

只　许……22

行　歌……23

读龚自珍诗……25

观天遗师遗墨展……25

长歌一首赠朱杰兄……27

天　游……28

赠留欧者……28

芳　菲 29

席上有赠 29

读《南华雪心》.......... 30

飞　信 30

送李莹波兄北行 31

不　隔 31

汨罗江上 32

答刘秋泉先生 34

答黄耀红先生，兼呈刘秋泉先生、龚鹏飞先生 34

子夜曲癸巳仲夏 35

雨夜，戏赠周兄漾澜 35

低　首 36

驻　足 36

忏　心 37

癸巳春分后 37

贺新凉・壬辰夜雨中 39

念奴娇・辛卯岁末听雪 40

念奴娇・癸巳春月下曲 40

喜雨篇寄功元兄兼呈诸友 41

寄友人 42

寄问周漾澜兄，并呈陈伟明先生 43

和刘秋泉先生麓山春唱 43

春雨夜归 44

目疾，作此自解 44

闻友人过洞庭作 45

寄卜功元兄 45

杂　诗 46

言　念 46

二月十四，夜将半，独坐口占 47

中宵不寐，忆逸翁师 48

读　史 48

小游仙诗 49

自题小游仙诗后 51

不　寐 52

呈胡紫桂兄 52

寄行者 53

读陈思王集 53

致饮者 54

北游三日，归赋 55

幽　人 55

远　道……56
短　歌……56
赠汗青兄……57
我　愿……58
只　手……59
分　送……59
乃　见……60
晨　兴……60
花　事……61
芳　草……61
一　剑……62
壬辰秋夜有作……62
孤　负……63
弹　指……63
叩　庄……64
持　身……64
刻　骨……65
一　枝……65
劲　草……66
物　恋……66

诡　云……67
一　喝……67
灯　火……68
一　隅……68
岩　立……69
饮后有赠……69
甘陕纪游……70
兰　州……70
一　黄河飞舟……70
二　黄河铁桥……70
三　五泉山上……71
四　黄河岸边……71
五　观摩汉简……71
六　机场路上……71
西　安……71
一　西安碑林……71
二　始皇陵……72
三　无字碑……72
四　咸　阳……72
五　骊　山……72

六　自题诗后，忆逸翁夫子 73
读史——刘邦 73
读史——鸿沟 73
读史——项羽 74
光　华 74
问　讯 75
晨曲一章寄问邹和平、晏志坚二兄 76
雨　夜 77
步韵答秋泉刘先生 77
读刘秋泉先生杂感四律，赋呈 78
题周漾澜兄《左文右印》后 78
答功元兄 79
古　道 79
岩　前 80
立冬后一日寄问南北诸友 80
杂　诗 81
北行归来，有赋 82
图　外 82
犹　然 83
山水图诗六章 83

婆　娑……85

唤　起……85

读马万里先生遗集……86

块　垒……86

散　木……87

花　间……87

凿山骨……88

即　此……88

呈秋泉先生……89

赠方强兄……89

壬辰冬夜，素安居小酌……90

数　声……90

车行口号……91

雪夜写意……92

载　途……93

幽　弦……94

读史——勾践……94

倾　尽……95

消　息……95

癸巳新春，晨曲……96

轻　车 ………… 96

子夜清歌 ………… 97

为吴祥中、卜功元二兄寿 ………… 97

谰　言 ………… 98

癸巳立春前数日，夜坐有作 ………… 99

宵深雨晦，重读柳永《雨霖铃》………… 100

虚　空 ………… 100

剪　尽 ………… 101

风　生 ………… 101

百　世 ………… 102

花鸟图 ………… 102

灵　氛 ………… 103

癸巳初冬，闻“海燕”风灾后，倚枕漫作 ………… 103

祷雨诗 ………… 104

坐　赏 ………… 104

闻钱瑟之老先生仙去，短章敬挽 ………… 105

拟放翁，送邹和平兄上华山 ………… 105

答功元卜兄 ………… 106

自　寿 ………… 106

又　到 ………… 107

中　行 108

踏　遍 108

人言草木易生，即以易生名吾斋室，系以一律 109

以阳台作书房，自题口号 110

七夕晨雨 110

有所思 111

酒后早醒，恍惚之间颇有天荒地老之感 112

刷　羽 112

早春夜雪 113

己丑之春暮，写此送春之词 113

细　寻 114

香　魂 114

苦　寒 115

吾　庐 115

小园漫步 116

哀汶川 117

用太白《赠溧阳宋少府陟》诗韵 117

秋日颂秋诗 118

身　卧 118

满江红・卜功元兄旅美赋寄 119

西江月·珠海佛径水库秋游 119

减字木兰花 120

卖花声 121

水调歌头·靖港 121

柬刘秋泉先生 122

戏语答黎锟兄 122

神曲——赠鸟 123

戏柬二三子 123

观画，呈陈伟明先生 124

晨雨，车赴长沙，和心斋春游 124

长夜无事，作此自遣 125

答义平王兄婺源，兼柬功元卜兄深圳 125

倚枕无寐，读溥儒诗文集题后 126

甲午除夕 126

坐　断 127

答功元兄，兼呈诸师友 127

晴　阴 128

黄山纪游 128

柬朱杰、黎琨二兄 132

四十五岁自寿 132

寂　照 133

在　家 133

甲午秋夜 134

和祥北王兄句意 134

甲午中秋后一夜，于深圳 135

柬友人 135

答李莹波兄 136

结　网 137

读李莹波兄登黄鹤楼诗，赋寄 137

形　迹 138

仲夏清宵 138

隔　海 139

答李莹波兄 139

归　乡 140

暮春夜行 140

春　钓 141

雨　望 141

挂　席 142

云　朵 142

柬刘秋泉先生 143

甲午谷雨，把茗咏树 143

云　衢 144

晴　云 144

读　史 145

春夜江行 146

有　赠 146

和莹波李兄 147

癸巳岁末之晨，倚枕口号 147

一　木 148

元旦夜作 148

搴　旗 149

忽然想到，戏作博笑 149

有　好 150

念奴娇·四川之行 150

花鸟画诗十九章 151

王义平兄惠诗、赠茶，赋谢 155

答王义平兄 155

柬刘秋泉先生 156

杂　感 156

赠印人 157

孑　孓 157

邂　逅 158

晨　起 158

闻　鸡 159

北窗秋日 159

步园，答刘秋泉先生 160

杂　言 160

读陈伟明先生画 161

张灯对画，有此颠倒之想 161

题陈伟明先生山水、花卉图 162

读陈伟明先生画作 162

陈伟明先生《周漾澜山水·序》读后 163

题王祥北兄《杏花春雨江南图》 163

题王祥北兄《山水圆扇》 164

戏题王祥北兄《牛毛皴山水新制》 164

陈伟明先生惠示一照二图，各系一绝 165

步韵答卜功元兄 166

读王祥北兄《临流图》 166

《草灰集》成编，系后 167

附录一　虞逸夫先生传赞 168

附录二　虞逸夫先生法书读后 172

附　记（卜功元）.......... 175

致　谢 178

序 言

诗集打印稿摆桌上好久了，当时猖狂谈笑间因为天柱兄的诚恳而不自量应允作序，想来似乎也还可以说得上的几句话，临文之际，却如断线的风筝，全都跑掉，空余茫然。但我的承诺跑不掉。天柱兄一年多长时间良善的沉默更逼迫我处于无从辩解和退却的尴尬境地。

只得放下诗集，闭目搔首，搜索枯肠，临时起意。

这临时起的意好像是鲁迅的什么话涌上心来，赶紧翻书，是《朝花夕拾 · 小引》开头的一段：“我常想在纷扰中寻出一点闲静来，然而委实不容易。目前是这么离奇，心里是这么芜杂。一个人做到只剩了回忆的时候，生涯大概总要算是无聊了罢，但有时竟会连回忆也没有。中国的做文章有轨范，世事也仍然是螺旋。”

又忽然想起郁达夫先生的日记体游记《屐痕处处》，

上世纪八十年代初读的，江西人民版“百花洲文库”里的一本，戋戋小册，颇可爱赏。达夫先生爱作旧诗，所至辄一抒发，与山水风物、历史人情相映照，文辞清丽，感慨遥深，不愧名家。但奇怪的是，先生于此，每自言“臭屁”“卑劣”，虽云名士做派，亦远过乎自谦自嘲之程度，当时觉得骇然，但也没怎么去想。

而朱自清先生在《犹贤博弈斋诗钞·自序》末云：“惟是中年忧患，不无危苦之词；偏意幽玄，遂多戏论之粪，未堪相赠，只可自娱，画蚓涂鸦，题签入笥，敢云敝帚之珍，犹贤博弈之玩云尔。”词意卑苦，读来令人不欢。缅怀先生谦谦君子及新文学之盛名，于其中“粪”之一字，尤耿耿不能自安。

大概，“五四”新文学概念确立之后，这种矛盾心理的情况相当普遍。事实上，旧体诗词创作，一直是一个有关文学制度的问题，而作为文学，如鲁迅所言，尤其还是一个生活方式的问题。

民国扰攘，不遑宁处，主流意识大概以为旧文学已经被打倒，此种细故，不过文人积习，属于私人生活范围，无伤大雅、无关紧要、无须亦无暇关注。在进化论式的社会进步观念烛照下，任其自生自灭可耳，“旧”之含义，殆即此乎。

但这明显不同于古人习见的叹老嗟卑，作为新文学健将，郁、朱二先生质疑作为一种文学样式的旧体诗词与创作旧体诗词行为的合法性，进而质疑作为一种生活方式的旧式文人本身存在的价值与意义，理固宜然。奈何生活非可以“新旧”二字截然划分，蜷缩于“自娱”的角落，以“犹贤博弈”自解，以“粪”“屁”自污，于理论和制度层面，问题都并未解决。

时移世易，一九四九年之后，徘徊于现代性与民族主义之间，无产阶级文化概念与渊源于浪漫主义的“文化传统”概念相纠结，主流态度仍然暧昧，于是，“不提倡”而已。

迄今所谓“二十一世纪”了，旧体诗词创作仍然“自生”而未能“自灭”，反而在“民族复兴”“国学”之类的概念下再次在理论上成为问题。

百年世事不胜悲。

近代中国社会从一开始就被一种解体的恐惧所笼罩。解体不仅表现在社会制度、物质生活各方面的大规模改变，更在敏感的知识分子个人的内心里，每个人都感受到了剧烈的悲剧性冲突，坍塌向四面八方延伸。

随着“被现代”过程的一步步展开，人们终至能够明确意识到，所有传统的价值观念和思想方法乃至语言表达，都已经失去了它本来的连贯性和意义，而这个现代世界明显地排除了传统意义上诗的内涵。随着作为现代化必然步骤的对传统的冲击，作为传统文化的一部分，旧体诗词理所当然地被冷落。

可是，在努力让中国“现代”起来的同时，不只是对悠久的历史和传统的缅怀，更重要的是重新确立文化主体，使得人们在被迫向外学习适应的同时，又能在这传统的支离破碎中寻求整体所失去的一切意义。就中国知识分子内心而言，激进是基于现实的压力和理性的考虑，保守则主要来自情感与习惯，列文森形容鲁迅所谓理智面向未来，情感依恋过去式的背反，在几乎所有现代中国知识分子身上都以不同方式表现了出来，根本上，他们都既是激进又是保守的。

于是乎，作为与“被现代化”相伴而行的怀旧情绪的一种表征，作为现代中国人不得不承受的与过去撕裂而不能的宿命，旧体诗的创作就成了这样一种被有意无意地忽视而又普遍存在的文化社会现象。

但是，无论如何，中国已经一步步曲折地走向“被现代”之路了，忽然之间，用《共产党宣言》的话说，“一切坚固的东西都烟消云散了”。

那种前现代古典式的和谐，那种所有的一切都必将融入一个向来如此的有序而亲切的圆满叙事的信念，终究与我们越来越无根越来越破碎的当下生活经验（观念）渐行渐远。

过去已经死亡。我们已经给不出我们曾经存在过的证明——似乎证伪倒并不难。那么，生活在如此“离奇”的“目前”而写这样的“和谐”的“古体诗”岂不愈加“离奇”而难免“骸骨的迷恋”之诮？

然而不然，目前的生活固然“离奇”，但现代性叙事所预设的与过去决然断裂的前提，却很可能只是一种建立在欧洲基督教观念基础上的可疑假定。所谓“现代性”如果不只是一个任人驱使玩弄的方便用语，即便作为一种假设，在释放出巨大的摧毁遮蔽当下现实的传统思维惯性的能量之同时，也很容易蹈入另一种封闭的决定论的泥潭。当我们把过去化约成一个封闭停滞的整体而加以拒绝，则对当下的真实理解，或许也将同时变得虚无荒谬竟至于完全不可能。

毕竟，过去、现在、未来终究是三位一体的，过去犹如影子，想丢掉恐怕也难——中国民间判断是人是鬼，就是看有没有影子。而流水今日，所谓“现在”，也实在并不比过去更实在，更何况，司马迁有司马迁的“现在”，莎士比亚也有莎士比亚的“现在”。

因此，当我们希望诚实地面对和理解当下的时候，我们也必然应该诚实地面对和理解过去。也就是说，把过去从被咒语锁定的僵化状态中激活，让过去与当下的现实实现互动交流。所谓传统，仍然是一个必须不断被激活的生成性概念，过去无法摆脱，而无论多么“离奇”的现在，也终将成为传统。

无论如何，在确立现代观念，以打破传统的“世事螺旋”以及象征“文章轨范”的新文化的同时，作为个人，了解点儿传统文化，读点儿唐诗宋词，进而有人还愿意自己也作上几首，仍然是当今中国社会相当普遍而广泛存在的现实情形。既是事实，就应该得到作为事实而应该得到的尊重，那么，其中有些如天柱兄那样，因为各种不同原因（天柱兄乃天遗老人高弟），愿意投入相当的精力，选择这样一种生活方式，至少无过，孔夫子不云“犹贤于博弈”乎？

——好像又回到了起点，奈何？

却顾所来径，苍苍横翠微。

陈伟明

二〇一五年三月十三日　无集室

夏夜荒言（代序）

天空与尘土，飞落成斯世。
道一而风同，万物皆位置。
唯星之晶莹，唯日之光炽。
唯云之卷舒，唯水之奔逝。
唯海之渊深，唯岳之高峙。
春荣而冬枯，节序流为四。
花开不由花，花谢因时至。
代谢无穷期，离合从其势。
愚者守其愚，智者用其智。
是非各是非，执偏失相似。
佛心与仙心，圣者同其志。
灵山礼祥云，齐鲁仁风炙。
东方紫气生，弦歌发洙泗。
长歌续短歌，慷慨多烈士。

前行者千秋，后来者百祀！
俯仰宇宙宽，徜徉今古事。
幻想幻景开，青影青灯侍。
夜色浩无涯，众鸟束其翅。
惊蝉忽一鸣，贯耳若矢刺。
快哉夜半风，周流来丈室。
吐气入混茫，留痕二百字！

夜 色

把樽独坐，向天自语，时在癸巳冬十一月一日子夜！

夜色晴云共一壶，星芒相见不相呼。
流风偶尔来怀袖，故我依然在此庐。
唤起千愁杯底酒，沉埋万想手中书。
也知心病须心药，东向长含云泽珠。

癸巳晚秋，作于贵阳

手散芳词付好春，不持明烛问天神。
收心破执能成佛，卷舌吞声远避尘。
羽翼开张风借力，云山浩荡路无人。
三千世界飘飘影，不碍回翔自在身。

宛若——寄到莱茵河畔

冰封南北轴相牵，世界东西首尾连。
纵壑高低山异域，横云起落景同天。
风吹丹树红千里，月照清江白一川。
人在莱茵秋色里，波光宛若是当年。

迁　流

命驾沧溟万里船，扶摇鹰击阵云旋。
登峰已近天荒破，踏浪何愁海不圆？
云缝光中山窈窕，风樯过后雾连绵。
须弥芥子菩提树，一一迁流到眼前。

有　赠

友人游学欧洲，云山万里，未能相送，赋此壮行。

远山一线已浮青，云上犹垂未坠星。
片刻清凉花领略，十围高树雀安宁。
风弦不语心弦语，晓色空灵水色灵。
去国遐征千万里，平安再祝再叮咛。

指　点

蒹葭泫露海生烟，指点光芒说往年。
燕语鸿音云袅袅，思飘情泊雨涟涟。
团泥偶现洪荒境，索隐难穷汗漫天。
挥手沧江千里浪，飞航一发万山前。

此　生

一

此生修不到梵天，不作楞严十种仙。
穿过游丝飞絮网，夜深买醉一湖烟。

二

高楼听雪说当年，此地秋风又满天。
风雪千愁都散后，今宵月到眼前圆。

千　花

千花千佛影，一石一弥陀。
鸟心都不管，飞来只唱歌。

常州，拜名山老人墓

天遗夫子已仙游，此老荒坟一角留。
广济苍生遗爱在，良心一说足千秋。

注：《良心书》为钱名山先生著作。

从苏州入太湖道中

越溪在左右横塘，一路沿堤柳两行。
相见江南秋未老，晴荷风碧水风凉。

太湖西山

林屋花溪第一流，湾前明月待重游。
行尽西山最幽处，烟波丛里过芳洲。

从苏州赴上海

飞车睥睨小浮丘，又作今朝海上游。
一笑相逢新旧雨，酒酣同看海天流。

题晏志坚兄山水图卷

如此江山不问名，胸中海岳梦中情。
人间草木因时变，笔下沧桑待我评。
袅袅风华都过眼，飘飘星月与同盟。
相思剪尽灰飞尽，一苇凌波又远行。

癸巳中秋后一夜

天路云程一月悬，照人照我照山川。
来从东海沧波上，去向天涯落日边。
曾见烽烟秦汉世，长留华彩晋唐篇。
已知岁月无穷尽，莫问清辉几度圆。

湘浙青年书法联展观后

粤若稽古，几帝几皇？
结绳以往，事杳迹亡。
形湮声歇，天问苍茫。
文明序纪，肇自夏商。
扫盲去昧，烛照鸿蒙。
龟甲兽骨，陶石铜量。
刻画铸凿，点划生芒。
文字光华，神鬼恐惶。
超功越用，灵性乃张。
书艺一道，由是滥觞。
篆隶真草，源远流长。
溯数千年，邃古能详。
南尚简逸，顾盼悠扬。
北宗遒厚，顿挫雄强。
强而不鄙，逸而不荒。
润滋春雨，性洁秋霜。
生生不已，知变守常。

法积美备，大观洋洋。

唯新其命，斯道泱泱。

同声相应，两浙三湘。

千山不隔，艺海帆翔。

济济多士，荟萃琳琅。

书势轩轩，笔阵堂堂。

神飞秦汉，韵衍晋唐。

有美同赏，大道康庄。

听涛东海，踏浪钱塘。

观云南岳，击水湘江。

流风千里，盛事共襄。

赠朱杰兄

一

舒卷真如岭上云，来鸿去雁语缤纷。
几重花雨开还落，出岫归来友鹿群。

二

万千说法万千门，独立洪流阻泻根。
历览星霜遍河岳，只于无佛处称尊！

三

小遣余情在此间，风光不似小仓山。
平常片语相持赠，神要飞腾笔要闲。

去　来

去时秋尚浅，归路已秋深。
深浅皆秋色，去来由此心。
鲲鹏天独运，山海日长临。
一抹风吟处，迢迢会远音。

七子之歌

秋声听到渐分明，余愠风来已稍平，长歌燕侣与鸥盟。
老泉俊语对花吟，文字飞扬气自雄，豪宕胸怀大有情。
陈公智者若愚氓，莞尔相看笑语轻，透澈中边心底清。
功元健足驾龙行，四海平生走不穷，欧风美雨几登临。
晏子亭亭迥不群，画笔诗心众所倾，浅吟高唱动人心。
和平安素笔通灵，写意传神触处新，忽然兴发鬼神惊。
古调周君只自弹，金铁森翔独往还，蝉蜕鸿溟力破关。

我歌曲罢夜将阑，眼前星月落栏杆，起燃烟卷与盘桓，东方既白远天一抹无数是青山。

别有

一雨或一晴，朝霞暮紫烟。
重山复水外，别有路通天。

秋响

卷地听秋响，相呼万木间。
其中唯帝则，此际小循环。
顽艳人天感，锋芒豹尾斑。
余情送落日，重返夕阳山。

秋 来

秋来看木叶，天意在收藏。
坠地留春讯，飘空作远航。
长柯犹有待，小草莫彷徨。
点滴时光里，汤汤水未央。

呈秋泉刘先生

秋风不动更无声，秋色盈天沸海倾。
相对清香窗外树，难闻消息旧时莺。
齿牙伶俐飞花雨，皮骨峥嵘说酒兵。
诗圣诗魔真绝世，八行聊复答高明。

秋夜雨后

辟佛亦多事，求神太渺茫。
我行于厚土，梦不到天堂。
诗写无邪语，心生智慧光。
前贤开觉路，足以导迷航。

只　许

只许飞鹏共远游，天残地缺岂能囚？
扬声裂石风雷电，信手生花春夏秋。
昼步太阳宵步月，云流大气水流舟。
灵山会后须弥小，略散闲情对雨鸠！

行　歌

之一

寿世谀词祝大椿，几曾能见百年春？
相逢诺诺唯唯者，稀有铮铮谔谔人。
比户隔墙如隔世，虬枝为友复为邻。
风波远道尘埃里，留下孤行百炼身。

之二

骨相须眉草莽心，敢持敝帚比球琳。
千诗跌宕云间月，片纸珍奇浪里金。
见惯吹竽成泛滥，安期斩木共浮沉？
岩中花树年年发，旷野行歌虎豹吟。

之三

山移海倒物同流，一刹红飘又浪游。
缘起难思风自语，因来易感水长浮。
搜神觅影悬天镜，问道擒狐恋故丘。
千圣已穿飞鸟去，车南船北蓦然秋。

之四

融而为水结为山，大气茫茫塞两间。
水激危樯飞怒海，山围绝壁锁重关。
移山计左当年梦，治水书残异代艰。
水立山奔无尽路，云思雾想要全删。

之五

大云广被九州心，大木高垂百丈荫。
如此奇材非世有，可能大鸟是知音！
哀筝破瑟情无限，澡雪餐霞路正深。
吹剑入林挥手去，万山皆响我登临。

读龚自珍诗

春雨夏雨不断飞，春云夏云相因依。
听尽声闻观尽色，中有凤凰浴火归。

观天遗师遗墨展

壬辰冬十一月一日，天遗师遗墨展暨诗文集书法集首发式有作。

一

拔地飞行动谪星，当年意气走雷霆。
倾河注海情何限，长忆家山草木青。

二

暮年垂钓在湘滨，稍喜风和浪渐平。
过尽鱼虾千百万，此间不见有龙鳞。

三

丈室维摩别有情，万千说法问谁明？
孤芳独耀光常在，照见湘流亘古清。

四

九州禹迹百年心，行役劳劳涉远林。
集中一语何沉痛，不意蓬莱有赏音。

五

住世遭逢历百艰，濒行一笑去尘寰。
文心佛性歌千叠，终古高云仰此山。

长歌一首赠朱杰兄

朱子嗜弄翰，名闻非一时。其人固颖特，其书一如之。不参野狐禅，不从左道驰。盖有识有守，植根学而思。知己之靳向，念兹而在兹。源清则本正，入古出新姿。不为一隅限，转益尚多师。勤行行不息，常悔习书迟。经冬复历春，挥写送晨昏。积学以明心，熟极自然臻。退笔成山实足珍，笔池尽黑始通神，行神如空气若虹。但见天末飘风舒卷在长空，大似庖丁绝技眼底无全牛，信手触处皆能通。不堕蓬首垢面江湖派，不作描头画角烂草绳，霜毫素纸墨花灿漫生。长缣矮卷倏忽散缤纷，仿佛绿荫深处草木无纤尘。如对云蒸霞蔚烟花三月景，又似夏夜晴宵丽天星月影。书者意得形遗唯神全，观者目注心迷如醉饮。历历此境搁在心目间，动我遥情远想渺渺秋水之微澜。忆昔先民造字开出翰墨长河数千年，薪火相承因之代代扬辉光。度越时空而四顾，万类同在流光之中央。载浮载沉，或存或亡，唯特出者乃自独立于苍茫。我慕古之狂啸者，长歌相赠勿惶惶。

天　游

天下周游愿，形之梦寐间。
如鱼思野水，如鸟望青山。
事冗单刀断，囊空四海艰。
暂由心浪迹，不管虎当关。

赠留欧者

山水连欧亚，风潮走大洋。
眼中新世界，昨日旧疆场！
越陌寻真诀，潜身炼秘方。
愿如盗火者，播撒热和光。

芳　菲

癸巳七夕，一年一度仙女座流星雨来临，动我凉风天末之思，口唱寄远。

好雨不来五十日，芳菲远在大洋西。
天边忽送流星雨，只见光芒不见堤。

席上有赠

热海来新雨，风生入座凉。
声华传北国，光彩动潇湘。
论剑应难敌，扬帆未有疆。
果然天下士，挥手指遐方。

读《南华雪心》

远想真无尽，苍黄看变迁。
挥弹成别调，吐唾昧真诠。
夫子日三省，犹龙字五千。
年来诗百首，颇有雪心篇。

飞 信

邹和平、周漾澜二兄采风江西，大可羡慕也！

画界有龙虎，风云邹与周。
存神过化笔，超海挟山游。
虎步花惊艳，龙行石点头。
我持四十字，飞信索天球。

送李莹波兄北行

第几番风第几更，汪洋月色已倾城。
抽思不系大堤柳，浪迹长驱四海萍。
诗笔纵横新活计，山川经纬旧权衡。
持筹拭剑人孤往，一握光芒又起程。

不　隔

有情文字不离尘，不隔流年不隔人。
三代以来春数点，花开如见我前身。

注：三代，龚自珍句。

汨罗江上

一

武关西望尽荒尘，寥廓横空楚泽身。
哀郢怀沙歌橘颂，苍茫天问托波臣。

二

行尽千山转避人，却于山鬼更相亲。
猛然转忆留仙笔，入木三分画鬼神！

注：首句借自马湛翁语。

三

小山丛桂郁芳林，独异中原雅颂音。
难与渔樵论清浊，江流沉璧见斯心。

四

古人以后后人前，我辈登临吊昔贤。
搁下诗经名物卷，临风默诵芷兰篇。

五

汨罗江上往来风，相约流云不住空。
我在风云中一笑，江花野草化飞虹。

六

洞庭浪白楚山青，长路修途草木腥。
一曲离骚心悄悄，振缨濯足下长汀。

七

列烛煌煌问鬼神，几人筹策计生民？
贾生一掬千秋泪，洒向苍苍水上蘋。

八

肉归尘土骨归埃，整顿乾坤仗霸才。
几度河山离合后，我来说梦向蒿莱。

答刘秋泉先生

闭目归藏醒即行，山川河岳是同盟。
摩挲花草供新月，涉历风沙步老兵。
聚散残云缘小劫，飘萧梦影有余情。
波澜不尽心难定，回向金刚诵佛名！

答黄耀红先生，兼呈刘秋泉先生、龚鹏飞先生

徘徊故国听遗音，字字飞声一散襟。
热血因之澎湃起，冷云过去短长吟。
风朝雨夕千条路，感事怀人百代心。
片语指心心未歇，长柯掩月下空林。

子夜曲癸巳仲夏

高蹈空行轨辙悬，夜莺劳燕已沉眠。
飞来最大最圆月，置我汪洋古雪天。

雨夜，戏赠周兄漾澜

百市千城夜有光，群山众壑莽苍苍。
中流不见大河月，丈室犹闻微妙香。
我向泥犁寻饿虎，公游丹陛住仙乡。
九天九地三千念，忏尽相思拜佛王。

低　首

颇有危微想，吹嘘一点风。
云车空八骏，丹凤老孤桐。
入耳冥冥响，开怀冉冉虹。
天惊石破处，低首拜愚公。

驻　足

驻足观前浪，回头望远山。
迷离青不绝，缥缈白连环。
卷地寻陈迹，倾心忆绮颜。
恍然明灭际，冷月射前湾。

忏　心

壬辰雪夜，拥炉独坐，百感纷来，录存却寄。

冰上鸿飞绝，人海我乘波。
壮丽青春赋，苍茫白雪歌。
忏心寻乐土，无计植嘉禾！
千载烟尘里，何时见息戈？

癸巳春分后

一

雨霁宵深岂有霞，吹英破萼怒生花。
掀天鼻孔收灵气，汗漫心田种紫瓜。
听说星辰同是客，竟疑丹木也栖鸦。
长风鹤语玄黄梦，一盏飞清午夜茶。

二

夜饮清辉昼饮霞，一樽新月一枝花。
风雷肝胆人遗矢，草木春秋我种瓜。
水蕴明珠山蕴玉，晴飞灵雀雨飞鸦。
长锄白木牵犁手，地火泥壶露煮茶。

三

飞仙剑语带烟霞，罗刹心生海浪花。
冠冕青霄天上客，芒鞋下土野民瓜。
磨砖觅镜三生石，绕树藏身一点鸦。
风影翩翩云影淡，朝烹夜煮雾峰茶。

四

危峰碍日已无霞，走电惊雷也是花。
远谢高华天下士，来尝清露小园瓜。
飞声渺若寥天鹤，抱影深同不语鸦。
弹指清明迎谷雨，陶瓶瓦釜待新茶。

贺新凉·壬辰夜雨中

独立无言说。只苍茫，风雨飞来，雷驰电越。不见星河明皎洁，难问月之圆缺。心一霎、在千山外。四十年间人与我，记几番流转逢还别？打叠起，重重结。

平生骨相真奇绝。到深宵，诗龙长啸、酒肠犹烈。笔阵横云千嶂湿，幻作春林花色。浑忘了，中年时节。自喜头颅今未老，海天宽、行役应无歇。一曲罢，光凝白。

念奴娇·辛卯岁末听雪

听风声烈，到朝来、听雨又飞成雪。卧榻情移，明灭处，无尽精灵漂泊。不似春花，天涯红遍，只见茫茫白。烟波江上，孤舟可有渔客？

倩谁铁笛横吹，天风起处，贯石穿云裂。一切有情皆眷属，此际原无分别。同此时间，同此世界，一样都清洌。云衢万里，归来只待明月！

念奴娇·癸巳春月下曲

云雷破碎，猛抬头、已过连朝晴色。载籍宵寻青史外，史外蛛丝鸿雪。山鬼成神，鸣鸠对舞，海若沧波越。光阴深处，微茫一线遥接。

了却绮语华年，心行未断，化作风泉泻。如是我闻摩女在，几片花飞难灭。河岳横连，古今纵合，浩荡多圆缺！青林芳甸，一声唤起星月！

喜雨篇寄功元兄兼呈诸友

掷笔忽思君，一念来何速。
羡君凭海居，骋兴何辽阔。
日御海风行，夜枕海涛卧。
星汉上灿烂，长波接碧落。
遥遥天海间，飘飘飞一鹗。
我辟卧牛地，暂作读书阁。
高楼复高楼，四顾唯萧索。
不见山外山，仁智皆寂寞。
慰情三五株，玉兰花灼灼。
铺陈聊自欢，赖有笔和墨。
可奈久炎旱，无复此中乐。
水枯土石出，川原裂龟壳。
草木多苦辛，群生正焦渴。
幸乃天心眷，风起雨还作。
喜雨千山来，一旦扫昏浊。
仿佛青春回，生意忽然勃。

心随大野开，浩浩向溟渤。
安得垂天翼，共与鲲鹏搏？

寄友人

罗、吴、卜、方、邹诸兄携眷偕游武夷山，口占遥寄。

我好神游君壮游，长驱踏破武夷秋。
东南信美溪山色，可比潇湘云水多？

寄问周漾澜兄，并呈陈伟明先生

如此人间大鸟希，百闻一见接清辉。
料君入室登堂后，定取琳球异宝归。

和刘秋泉先生麓山春唱

春气生深谷，旋复上山巅。
洋溢为春风，沸海而扬川。
唤起冬眠树，吹暖雪后岩。
浅碧见岩壁，新绿萌树尖。
睫外盎然意，胸前缥缈烟。
渐入芳菲径，来作小神仙。
编年还纪日，壬辰第十天。

春雨夜归

江流滩复滩，长路弯复弯。

四十日晨夕，春老雨声酣。

目疾，作此自解

短视难为远大观，忘却风云万里槎。

快意大书三尺字，深情奇变百重霞。

看飞鹏展苍穹翅，从旧梦寻解语花。

珍重雕虫篆刻者，微言莫向壮夫夸。

闻友人过洞庭作

洞庭湖上美人来，湖草湖花一笑开。
最好木兰舟一叶，凌波踏过浪千堆。

寄卜功元兄

四十年行路，山程水驿深。
凭诗消块垒，对雨漉长襟。
未转中流楫，犹怀迈往心。
嫣然山万叠，俯首又追寻。

杂 诗

庄生蝴蝶也飘飘，老子犹龙老杜鸥。
谁说哥哥行不得，寥天一鹤羽凌霄。

言 念

立夏后二日，大雷雨，夜出，归赋，分寄诸子。

此日日之夕，暮色纷然屯。
出门值风雨，震电含怒奔。
支伞过小巷，潦水漫墙根。
檐溜如飞瀑，坠地跳珠昏。
长街灯火薄，野望失远村。
际遇成孤往，非同高世伦。
一往自有情，赏心自有存。

平生惯独行，独乐娱我魂。

岂曰寡俦侣，旁薄如游鲲。

言念二三子，知己足深恩。

风雨夜来归，写心遥寄言。

二月十四，夜将半，独坐口占

雀笑鹃啼语不同，梦中消息有谁通？

辛勤密绾灵犀付，只恐都成牛马风。

一念三千颠倒想，百年万里去来踪。

眼前幻象心头影，散作流云向远空。

中宵不寐，忆逸翁师

人间不见此翁还，廿载春风梦寐间。
龙象威仪难再遇，心魂常绕醴陵山。

读　史

青简残痕数点烟，神飞太古越千年。
大河上下江南北，日照金瓯几度圆。

小游仙诗

一

自种灵根向日边，手持瑶草献飞仙。
忽动清风生翼下，荒荒凉月照桑田。

二

身骑弦月过长川，舞凤翔鸾起碧烟。
明光绝峤昆仑上，携手行歌最小仙。

三

仙人住在极西天，蹑电相寻路几千。
遥见万山红树外，一轮红日正酣圆。

四

万灵来往海东西，雾帔云罗迹象迷。
不夜天中春不老，光阴不必问天鸡。

五

清扬一曲破空飞，凤笛龙箫听者希。

此曲只应天上有，人间鸡犬太痴肥。

六

丹崖碧树影离离，阆苑金风夕夕吹。

奇花异卉飘香果，不是仙家不许窥。

七

海化为尘月化烟，洪荒谁住劫之前？

十二万年一回首，飞来蝴蝶大如船。

八

霹雳中天几道开，天惊地怪四维摧。

收拾流魂三万里，危疑深浅几回猜。

九

情深海浅太难量，不信仙灵有感伤。

宛转离歌来彼岸，可能界外也飞霜！

十

花光射日叶离披，初茁奇苗莫再移。
此是神农亲手种，风肥雨瘦要相宜！

十一

神仙上药不轻传，换骨全凭化外缘。
一卷荒唐浑漫与，且续《神仙传》外篇。

自题小游仙诗后

诗成落笔鬼神知，白也豪情有壮词。
琼思艳想满江海，我学曹唐沈亚之。

不　寐

不寐亦无计，宵深夜未央。
寸心丛百感，一扇送微凉。
可以舒筋骨，何能解热肠？
不如飘一叶，浪迹水云乡。

呈胡紫桂兄

古道未全荒，人间此热肠。
清言谈娓娓，笔阵赋堂堂。
一字求安妥，三思又细商。
感君多启予，期约共挥觞。

寄行者

朱杰兄身行万里，大块壮游，揽孤烟直上，沐落日流晖，快哉！口号一章，用申遥想。

长河西向接天山，故垒荒丘落日间。
白草黄沙秋月下，酒酣高唱大刀环。

读陈思王集

不是黄初济洛年，回风飘雪逝长川。
略嫌绝艳惊才笔，气概难追观海篇。

致饮者

诸子有同调，脱略形骸交；
加我以青眼，邀我以良宵；
诱我以美酒，惠我以佳肴。
一一皆我好，一一不能抛；
呜呼婴物累，困如笼中狍；
欲出不得出，怒发如奔潮；
呜呼婴物累，行不得也万分愁！
孤负了良朋好友重重义，
可惜了良辰好景这般秋！

北游三日，归赋

秋色京华好，云中展翼来。
来时暮烟合，归路早霞开。
摆脱尘千丈，淋漓酒一杯。
直将万里眼，穿破乱云堆。

幽　人

驾万里风乘浪去，问千年后是谁来。
子昂感慨登台日，太白沉吟大道哀。
潋滟光华蜂自逐，苍茫云狗蝶为媒。
带萝被荔清江曲，幽人独媚水之隈。

远　道

飞来千里雨，平添万里流。
磊落声悲壮，深沉影献酬。
抽思怀远道，戏海览新图。
送尽群鸥去，长帆尚未收。

短　歌

春宵夜永，把茗无事，见盆中水仙数枝开也。

门外春如海，栖迟犹在家。
短歌为谁唱，来咏水仙花。

赠汗青兄

文明肇先民，源深流不歇。
纵浪文字海，因缘文字结。
尚友慕古贤，砥砺皆时哲。
同游三五子，怀抱各奇特。
不同时世交，脱略外形骸。
其中有一子，敦厚有愚色。
撑肠百千卷，闭目辨沿革。
经眼千百碑，展视判优劣。
便便腹笥中，往往多宏识。
引我为同调，有得共论说。
神飞秦汉间，苍茫今古接。
有秦大夫松，有汉帝子柏。
景行柏与松，品藻殊凡格。
斑斓石上花，皑皑若古雪。
琳琅简上字，熠熠生青碧。
梦想与冥搜，肺腑漱馨烈。
沉酣三十年，化之入精魄。

摧刚以为柔，刚柔相济克。
惯挥短锋笔，驱驶若铸铁。
气和而力沉，积健乃雄绝。
或为章奏书，雅丽含芳洁。
发而为文章，温醇无媚侧。
道在日日损，贯一中边澈。
我自为散圣，焉受世促迫？
不与流风竞，君亦独行客。
狂言持赠君，笑浮三大白。

我 愿

大羽云为路，长鲸海是家。
我愿如蝴蝶，一生只住花。

只　手

只手弄泥丸，往往见奇观。
看君一挥笔，飞出万重山。

分　送

小敛风云气，心中盎盎春。
折枝花几朵，分送万千人。

乃 见

即之在山前，忽转山之后。
独立万山巅，乃见山之妙。

晨 兴

晨光第一道，鸣禽第一声。
色声光影里，我来第一人。

花　事

动我无穷想，花事正繁华。
原来花世界，都是鸟之家。

芳　草

鸟鸣芳树颠，鸡鸣在芳草。
心同梦亦同，千言万语好。

一　剑

花开世界同起，花落大地全收。
白虹紫电一剑，截断沧海横流。

壬辰秋夜有作

夜渐清宁暑渐收，闲情远遣到芳洲。
未能济世归深隐，幸藉平居可小休。
空际飞来犹古月，风中散去又朋俦。
心行断后谁传语，海屋星河历万周！

孤　负

孤负云霞路，依然壁垒中。
好花全付鸟，嘉木浪传风。
壮远心犹在，幽微感未穷。
岩栖涧饮者，何处蹑烟虹？

弹　指

弹指开天镜，煌煌见景光。
观澜无暗影，濯魄有奇方。
虎穴横身过，龙花彻骨香。
坐腾千仞上，风叱在高冈。

叩　庄

涨海帆高蹈，青林路独扬。
几番风激烈，一地影低昂。
猎猎鱼龙舞，飘飘魑魅狂。
骑牛人已去，前导叩蒙庄。

持　身

砺齿攻顽石，持身涉逝波。
盲风原过耳，怪梦久销磨。
鹤舞寥天阔，松呼霹雳歌。
刚柔吾淬炼，一笑鬼神诃。

刻　骨

负手行吟惯，狂猿辱杞忧。
无端生苦乐，刻骨作诗囚。
无住风漂泊，随缘雨泛沤。
未能工下拜，晞发入荒洲。

一　枝

一枝发明媚，花开造化钟。
盘根栖沃土，展叶答长风。
淡泊离沉垢，凌虚弃棘丛。
生涯原静好，莫问蝶行踪。

劲 草

一叶飘然坠，秋来眼底飞。
春心谁与待，劲草我相依。
睫外天清旷，心中愿不违。
森严岩壑外，暂遣夕阳归。

物 恋

物恋皆缱绻，肝肠各浅深。
萤光微自照，大日独君临。
金岂蜣螂贵？言非鹦鹉心。
众生驰进化，帝则贯丛林。

诡　云

蝴蝶惊花好，吴牛怒月昏。
侧身行赤土，何计叫天门？
岁月司宾送，悲欢逝水吞。
高楼九霄上，但见诡云奔。

一　喝

莫漫求玄鉴，为谁判伪真？
古今风接迹，仙佛道相邻。
尔我同来去，山川互主宾。
掀眉骂祖者，一喝破迷津。

灯　火

萧疏搔短发，依稀面目存。
荒云飞两戒，灯火照千门。
风送山河转，光移岁月痕。
心魂勤护惜，不共野尘奔。

一　隅

月从东方上，流光落远峰。
珠露在草尖，淡然临晚风。
鸣虫发清响，断续来何穷。
伫听澄万虑，散怀同其空。
一隅足俯仰，安步无西东。
虚室盈盈白，共此寂照中。

岩　立

岩立长柯不畏霜，依墙草末尽凋伤。
一番生杀春秋意，几度盈虚海岳苍。
消息远寻风以上，真情俯拾道之旁。
与谁华雨芳流里，摩顶长行日月光。

饮后有赠

邹和平兄十日西游，归来招饮，读其采风写景，摇动心旌，截句却赠。

一

荒城故垒一天秋，壮岁豪情作壮游。
回首祁连山上月，正在青天中道流。

二

浩荡情怀慷慨歌，黄沙古道踏高秋。

行囊满载云山兴，更拟天山顶上游。

甘陕纪游

十年前，我受功元兄之命，随侍逸翁师西安、兰州游旅，当日无诗，追写。

兰　州

一　黄河飞舟

九十年行半九州，不记风多是雨多。

手指中流回首笑，你们随我下黄河。

注：你们，指师姐及我也。

二　黄河铁桥

一桥横亘百年中，百度荒寒百度风。

我来北国天空下，目送河声下海东。

三　五泉山上

五泉山下黄河水，五泉山上经声起。

飞过经声与水声，飞鸿掠过苍穹底。

四　黄河岸边

彼岸岸边寺，此岸岸边城。

城中人爱“我”，寺中人爱神。

五　观摩汉简

枝拂风烟叶拂云，谁制嘉名赠“此君”？

今日琳琅千万片，光芒亲见汉时文。

六　机场路上

流传乐府唱伊凉，此即当年古战场。

一路车行真寂寞，山山山色色苍黄。

西　安

一　西安碑林

今时难见古衣冠，文字光华萃此间。

气象开张秦汉世，精神流淌晋唐还。

轻红稍近春初树，古碧深藏石上斑。

半日徜徉留影去，秋风渭水出长安。

二　始皇陵

秦人出秦川，一鞭九鼎迁。
楚人起三户，秦祚亦旋湮。
大君煮山海，下民力桑田。
何为乎驱使，弃耒控弓弦？
控弦必相斫，力田性命全。
同此归沟壑，何如尽天年？
沉沉千古事，哀哀泪血篇。
愿人无铸剑，愿人为铸犁。
请看秦陵外，牛羊下夕烟。

三　无字碑

开天辟地只斯人，手障奔流独立身。
片石无声风自语，花开不是大唐春。

四　咸　阳

咸阳王气贯西东，帝子巡游竟委风。
同轨同文天下计，人心孰料最难同。

五　骊　山

胡旋舞歇又霓裳，一夕烽烟起朔方。
魂散马嵬人去后，难将此事问三郎。

六　自题诗后，忆逸翁夫子

留得人间几旧踪，黄尘飘雾树飘风。
秋声天末如潮起，历历前游独念公。

读史——刘邦

长乐钟声杳不闻，汉宫秋月照何人？
兔死弓藏狐鼠在，大风高唱自祈神。

读史——鸿沟

马蹄声远剑无鸣，表里山河一线明。
只是鸿沟太清浅，如何隔得断风腥？

读史——项羽

一

秦川八百里，雄关险莫开。
霸王鞭一扫，天下尽成灰。

二

阿房一炬火，乌江一剑哀。
哀哉楚三户，亡秦复自摧。

光　华

光华生野碧，香草与芳林。
听罢潇湘雨，长谣海上吟。
接天阡陌路，两地往来心。
渺渺思无极，期君报好音。

问　讯

功元卜兄来信，谓正临习汉袁安袁敞碑，赋此申意。

不见古人面，应识古人心。
摩挲一片石，问讯古光阴。
光阴流不断，须眉照古今。
静绎蟠龙势，殷勤为模临。
长夜孤灯下，幽意拂衣襟。

晨曲一章寄问邹和平、晏志坚二兄

侵晨好鸟极兴鸣窗边，引我心驰神往西南天。西南古称山水窟，千山万壑遥接喜马拉雅山之巅。群山涌翠，大壑生烟，中有书仙画手餐霞饮绿升腾出没勇无前。不同老杜行愁坐叹之漂泊，不是太白长哀去国夜郎篇，更不似摩诘日日盘旋方寸之辋川。身与朝曦起，足踏暮云归，青天白日偕影长驱双足健，山深夜静对榻高谈俊语飞。唯我懵懂枯坐此一隅，举目四顾易生堂上无云亦无雨，千里之外山情水韵浮想何翩翩！长谣一阙遥寄邹君与晏子，图形写影为我带得云飞涛走万山回。

雨　夜

白昼不见日，夜来不见月。
只见雨和风，吹雾茫茫白。
郁郁青山青，灼灼花颜色。
深灯万里思，心中忽欣悦。

步韵答秋泉刘先生

雾塞长衢日不华，朵云入户焕晴霞。
昨宵酒已轻轻尽，侵晓诗来啧啧夸。
预约青春花共植，只疑弱柳雪难堪。
飘飘衣袂天风下，信步长堤万里沙。

读刘秋泉先生杂感四律，赋呈

心怀难与燕商量，独立风云古道旁！
一笑离群空冀北，千愁散后入遐荒。
平生有梦飞龙引，市骨无缘大野藏。
望尽长天深海处，留魂好景是何乡？

题周漾澜兄《左文右印》后

一

越世何人抱旧残，寸金寸石寸心丹。
无多言语芬芳意，一曲崩云只自弹。

二

诛茅剔藓拾零残，如觅长生九转丹。
踏过山川河岳后，来从文字海观澜。

答功元兄

好古唯吾尔，向学并同门。
广土君行健，当关我独尊。
黄河浪边浪，湘山村外村。
君行我且住，煮酒待归轮。

古　道

王祥北兄自京华惠诗道念，感佩在心，敬依韵赋谢！

此地北风起，诗篇北国来。
高情山岳共，古道水云开。
流电三千里，倾心一百杯。
芜词聊远寄，烦请快刀裁。

岩　前

众鸟收声去，岩前鹤一鸣。
不同凡卉伍，岂与雀同行？

立冬后一日寄问南北诸友

牖外雨风飞，风肥雨更肥。
围炉容小憩，御冷厚添衣。
冰雪燕云北，晴和岭海西。
所思日以远，相见日以稀！

杂 诗

刘秋泉先生行旅安源，迈往之慨，凌铄百代；大句高吟，震耀群氓！敢造斯篇，用表钦颂。

老杜胸怀太白才，又见乾坤孕此材。洗魂月窟千春后，浴骨星河万里来。星芒月色如流水，流水一声花万点。万花深处不生埃，水影花光都无染。心悬明镜出蒿莱，健足长行历览山川阡陌路萦回，独上群峰之巅坐对峥嵘万象恢。恰似长松千尺不用人间粪土与栽培，何必藤萝草蔓相追随，岩岩岳岳诚伟哉！贞弦一奏苍穹下，吹云拂电走风雷。

北行归来，有赋

寥廓山南海北天，迁流山海几桑田。
匆匆日下三朝过，草草尘寰一聚缘。
浪底云霄难系影，冰崖火宅漫挥弦。
丹枫落尽秋将尽，独写芳馨老树前。

图　外

眼前才几笔，图外有千山。
本来无畛域，打破百重关。

犹　然

鸡虫争得失，鱼鸟判浮沉。
瘦蛙蕉叶下，犹然井底心。

山水图诗六章

一

云依山作客，风过鸟无痕。
不向东山上，争座谢公墩。

二

鸟唱高低树，云飞远近山。
但能专一壑，藏舟水一湾。

三

云根流水去，树杪白云来。

磐磐岩穴士，不被逆风摧。

四

一道风流水，满山不住云。

嵇琴与阮啸，谷鸣万窍闻。

五

手弄江流碧，风吹江上心。

飘飘不可系，因之入远林。

六

大气浩奔走，乘彼造化流。

佛曰不可说，铸为山海图。

婆娑

亦有花香亦鸟声，亦因雨色亦风晴。
婆娑笔墨婆娑舞，送暖吹香遍百城。

唤起

一壑飞泉送古今，一声鸟啼响千林。
临流照影青崖下，唤起苍茫百代心。

读马万里先生遗集

界远心空走古灵，万花如海万山青。
西南一老光芒在，我把心香拜大星。

块　垒

块垒是何物，都因忿欲生。
破除唯圣谛，安素与天亲。
万木秋霜劲，繁花春雨新。
自然成代谢，不带一微尘。

散　木

散木非材钝铁顽，置身玄漠立荒蛮。
神飞秋水波无际，影逐青牛路不还。
闭目谢尘风沸耳，将心问道雾迷关。
金霏玉屑纷来袭，旁薄周流过万山。

花　间

百草千花共一丛，画工不见见天工。
花间蝴蝶枝头鸟，红到桃花绿到风。

凿山骨

君能凿山骨，颇为山写真。
长笺扫万轴，助我壮游身。

即　此

山色来无穷，山势去无尽。
得意在瞬间，即此一时境。

呈秋泉先生

渊深深万丈，岳峙峙千寻。
斩浪长鲸路，挥烟大鸟林。
扶筇穿地脉，指月问天心。
把臂人神鬼，忘形度古今。

赠方强兄

芳意千春接，生生道不孤。
人间留我在，把酒远相呼！

壬辰冬夜，素安居小酌

点睛人不再，龙飞破壁存。
公然持布鼓，放胆过雷门。
芳草游猪乐，枯槐蚁蛭尊。
轻尘生海市，呼啸暗云奔。

注：芳草游猪，借句乾隆。

数　声

王祥北兄归京，未能一言赠行，吟成五十六字，即用补过。

数声流水几声鸦，高蹈飞鸿有此家。
镂月清思弹别调，裁云妙手奏风华。

含芳漱烈传三稿，吐慧生新步八叉。

我望燕山山上月，长歌一曲逐云车。

车行口号

一

风停雨不飘，横渡百川潮。

跨虎行高岸，牵牛步短桥。

低眉疑覆辙，放胆立孤标。

密密冬云下，峰青入九霄。

二

梯云上寥廓，舒卷百重霄。

坐地登天路，驱车过海桥。

清音闻老凤，岚气仰霞标。

一叶吾谁欤？飞来子夜潮。

三

鲲弦流逸响，洗耳欲凌霄。
纵壑迷津渡，飞声觅路标。
天闲驰骏马，云起架虹桥。
荏苒光之径，繁星怒若潮。

雪夜写意

一

不见关山月，只见关山雪。
心魂风一举，怀人在天末。

二

岁律周星逝水东，堕情飞想往来风。
关山月向云中隐，碧海花期雪后逢。
无量劫间留我在，有情天下与人同。
沉吟万感今犹昔，一曲云璈寄远鸿。

三

山川灵气会中庭，顶礼华严一卷经。
已卜来年春万里，愿花长寿树长青。

载　途

奇兵独出剑偏锋，四十年行四海中。
手拂流霞穿鸟道，足登飞浪压鲸踪。
载途明月三千夜，卷壑飘风一万重。
暮碧朝红天日下，披襟扬袂立青峰。

幽　弦

深冬寒夜，酒醒后，风雨中，答刘秋泉先生枉赠之作。

月也无光雨一天，长风吹树有幽弦。
围灯匣剑三缄口，瞬目扬眉又破禅。
短榻横身供瘦佛，高楼把酒待春烟。
荒江老屋深深柳，退密收声过陌田。

读史——勾践

慷慨豪情壮怒蛙，哀兵生色剑生花。
风云旗鼓三千甲，澎湃潮声百万家。
鸣镝中原同逐鹿，扬鞭邗上且吹笳。
姑苏台榭吴王殿，从此年年响暮鸦。

倾　尽

雄词高唱国之华，倾尽柔情更护花。
一箭飞来惊卧虎，片云飘过照玄鸦。
百年易了红尘约，万念狂思世外家。
紫日光芒虹月影，沧江无处不清嘉。

消　息

癸巳初春之夜，饮归独坐，对瓶中玫瑰灿然艳发，有作。

入春雪后雨兼风，消息人天懵懂中。
停杯顾影花无语，一片春红是酒红。

癸巳新春，晨曲

天地生时便有春，春心原不隔流尘。
青回夹岸大堤柳，绿遍天涯过客身。
红日长河吹锦浪，高楼雪海听天声。
风来雨去都无恙，走碧飞光动百城。

轻　车

脱略作雄飞，轻车赴远溪。
岚光风上下，水脉步东西。
鸟纵轻轻唤，花留缓缓归。
飘飘山海客，霞起万重衣。

子夜清歌

好鸟已飞去，好月不飞来。
好花不可见，好怀何处开！

为吴祥中、卜功元二兄寿

大道行无迹，人间乐有群。
江湖千雨隔，风月万山分。
飘雁情能说，翔鳞梦可闻。
我心逐流电，飞上海天云。

谰　言

偶忆前人之言，即用为句首，率尔漫写，芜杂无章也，唯大人君子，一笑置之。

一

最相关处最难传，薄薄云裳薄薄烟。
唯恐风来吹更乱，恍然相隔一千年！

二

最相关处最难传，万语千言只枉然。
临去秋波那一转，谁能神会个中玄？

三

最相关处最难传，煮豆燃萁七步煎！
人世几回伤往事，泥途曳尾亦高贤？

四

最相关处最难传，蛋在鸡先鸡在先？
千百年来人起舞，不如抱月作龙眠！

五

最相关处最难传，换骨金丹几颗圆？
湖海有鱼田有麦，何劳天上去耕烟！

癸巳立春前数日，夜坐有作

鸿蒙消息不能通，问讯无涯侧听风。
细论方圆蛙坐井，摩娑世事鸟凌空。
长波起灭江湖海，短翼差池雨雾虹。
回首深情来去路，天边云影有微红。

宵深雨晦，重读柳永《雨霖铃》

盖闻尘土有情，境由心造；空花无相，时过谁存？然春鸟晨鸣，足以悦魂；秋虫夜唱，忽焉生感。或曰无心，安能扫迹！太上忘怀，人大难也；情钟我辈，其皆然乎！莫可欺天，何为讳语！于是，大块凝尘，溯流光于此夜；人生逆旅，问梦影于当年。

隔灯飘雨夜将阑，万木森森百卉弹。
二十三年前一曲，潇潇雨起又重弹。

虚　空

云破东方欲晓，天边飞絮流尘。
高呼卧虎栖凤，粉碎虚空一声。

剪　尽

笔之风骨墨之神，剪尽繁芜洗尽尘。
珍惜毫端一点墨，花飞光彩鸟飞声。

风　生

翔鳞不隔水，飞翎不隔风。
笔起风生处，浑脱剑如虹。

百　世

百世还同旦暮期，芳华尘土几忧危。
长绳系日痴无计，短袂临风鬓有丝。
去后独寻人有我，他生相见者为谁？
海东云水西边月，锦瑟飞声忏别离。

花鸟图

写石植其骨，写花传其神。
如斯之气象，乃尔见其人。

灵 氛

癸巳季春，夜读《楚辞》，并忆十二年前侍逸翁师西游，长句纪怀。

楚山青发楚风歌，北去湘流接远波。
千载灵氛传杜若，九歌孤愤彻天河。
秦宫影落咸阳雨，汉月光圆大漠驼。
唐宋元明余一哄，牛羊日暮满长坡。

癸巳初冬，闻“海燕”风灾后，倚枕漫作

夜色依然好！寒来一榻风。
冬山初入定，春讯已潜通。
海外惊奇变，人间望大同。
南山千里草，万马莫相攻！

祷雨诗

欲出不得出，热极亦成灾。
移时天有变，鼓翅鸟争台。
叶动风情过，云屯雨意来。
长怀思吐纳，门户一齐开。

坐　赏

今雪犹古雪，飞落此山川。
遗踪鸟迹外，到我小窗前。
光彩动寥廓，长河起白烟。
人天俱静好，坐赏在风檐。

闻钱瑟之老先生仙去，短章敬挽

人物江南此一家，曾于墨妙接高华。
风流歇后吾何仰，揽笔裁诗拜远霞。

拟放翁，送邹和平兄上华山

八百里秦川驰骋，数千仞岳上摩天，
看君瘦骨立山巅，身与华山并影。

答功元卜兄

青山踏遍见何曾？山山草木自生根。
雨过风来随意发，不管行人闻不闻。

自　寿

戊子仲冬，余四十初度，客次鹏城，寓卜兄功元硅谷别业，宵深夜静，登楼展目，触绪兴言，截句写怀。

一

万方忧乐赋登临，歌哭前贤较有情。
我来小负升沉感，怀抱中宵向海倾。

二

觅径千山计已非，人间阡陌复多歧。

安能得似中天月，穿过层云自在飞。

又到

又到深宵醒，长思果与因。

喧嚣凡圣界，缥缈往来心。

目见风尘动，魂惊神鬼吟。

骚情行泽畔，只有帝天听。

中　行

天地何寥廓，中行步步宽。
涉江航一苇，长路越千盘。
健者何辞远，微躯敢避难？
应知眉睫外，鹏翼在云端。

踏　遍

卜兄功元谒师南岳，引我神驰，增我心愧！第以足疾，不能偕往，谨赋小诗，以寄遥想。

一

看君快马着先鞭，万里归来未息肩。
踏遍群峰七十二，又到春风绛帐前。

二

秋心如海复如潮，坠壑摩霄万里飘。
带得秋声上山顶，烟霞不见见云涛。

注：秋心，龚自珍句。

人言草木易生，即以易生名吾斋室，系以一律

住世寻常愿不奢，将雏挈妇日清嘉。
无稽鸡犬神仙事，绝意人间顷刻花。
一字吟成诗有味，三千纸废墨藏鸦。
高贤不用铭吾室，草木连天万物华。

以阳台作书房，自题口号

整顿卧牛地，而成独乐园。
琳琅千百卷，汗漫古今言。
腾驾汪洋气，穷搜万象原。
风晨与雨夕，莞尔听禽喧。

七夕晨雨

当晨数点雨，清风复一吹。
些微秋意味，已报夏归期。
即此分凉热，周天日变移。
人间星海际，亘古有传奇。

有所思

前此有报道，今年春夏多雨低温，气候异于往年，作物多有毁损；先是地震于西北，旱虐于西南，今又涝生于华中。灾变未穷，生民其艰。晨起，对雨作此。

春夏间多变，今年异昔时。
难逢春气象，只觉夏来迟。
野水多于地，江河几处危。
关怀到耕稼，冷淡过花期。

注：野水多余地，宋人句。

酒后早醒，恍惚之间颇有天荒地老之感

连宵皆饮酒，形容接古狂。
位卑无国事，气盛说文章。
偶有千秋想，聊宽九曲肠。
明朝横海去，未是叹迷阳。

刷　羽

刷羽水云间，不生云外想。
饮啄有同群，风波共俯仰。

早春夜雪

旧岁三冬暖，寒光春日开。
万家新雪屋，叠嶂古冰胎。
花阵胡旋舞，风行霹雳雷。
轻舟谁访戴，乘兴抱壶来！

己丑之春暮，写此送春之词

朱弦一拂，余音未已，问取知音，共闻流水，恍兮惚兮，即之已远。

芳意如春色，盎然心目间。
因风一浩荡，窈窕云之端。

细　寻

细寻因果律，谁共深宵论？
非同烟火情，苦将凡圣证。
难全物我真，徒余筋骨痛。
未能如至人，无想故无梦。
反侧复反侧，漫漫长夜送。
岂能返赤子，风波心不动。

香　魂

花有香魂石有棱，苍颜幽韵满山陵。
十丈红尘飞不到，山鸟飞来大有情。

苦　寒

一番风雪一番寒，龙窟麟洲失所安。
艳说风光千里好，何期柴米一时难。
围炉列烛惊谈鬼，喝粥熬汤小助餐。
努力再撑三五日，新符换却看春还。

吾　庐

运厄交华盖，安生梦未圆。举足欲何适，纵横陌与阡。
可惜青春去，散漫长技鲜。犹哀愚且直，屡际恶之缘。
渺漫思来日，荒唐说旧年。何暇更伤逝，百事剧当前。
朝把灵苗溉，诗意草芊芊。暮将笔墨弄，素纸废三千。
一枝灯照影，影共我无眠。灭灯枕书卧，不尽思联翩。
辗转东方白，鸟歌窗外天。顿欣鸟自在，神往鱼戏渊。
叫醒非非想，稚子闹喧阗。顾此妍妙儿，颇怀爱与怜。

招手呼儿近，依偎复留连。牵手相对语，语笑皆天然。
泠泠还朗朗，宛若闻流泉。烦虑此时净，故我性天全。
吾庐吾所爱，吹沫度桑田。

小园漫步

园中有嘉树，翠盖森亭亭。
其下荣草卉，华滋而吐馨。
众鸟巢其上，唱答声泠泠。
好风相容与，夜气凉且清。
流萤散淡飞，光彩何伶仃。
仰视高高天，灿漫布群星。
飘摇身与影，淡然绝尘腥。
徘徊复徘徊，恍若溯空溟。
勿惊零雨坠，爽然还户庭。

哀汶川

天府愁云惨不开，山崩地裂百城摧。
倾河注海斯民泪，俯首锥怀后死哀。
明烛招魂归佛国，家园再造仗群才。
长怀岷水巴山碧，乐土新天历劫来。

用太白《赠溧阳宋少府陟》诗韵

仰视皇皇天，光华迅奔兔。明镜问青春，青春杳然去。
扪怀寻旧容，荒荒隔重雾。惊心绿鬓凋，萧瑟深秋树。
树复有春荣，人生无再遇。所幸同心人，屡屡相与顾。
示我以明途，慷慨呈丹素。感激欲何言，唯期金石固。
共此百年中，从行千里路。青天大道间，磊落同健步。

秋日颂秋诗

秋期渐渐深，秋裳渐渐厚。秋风渐渐吹，秋山渐渐瘦。
秋云秋雨飞，秋鸟秋虫闹。秋花扬其辉，秋水流浩浩。
秋空秋色鲜，秋月秋阳耀。三秋九十日，日日秋光俏。
吟我颂秋诗，爽气盈怀抱。

身　卧

弥天匝地夜如渊，身卧心同片月飞。
大似盲龟沧海上，或缘浮木渡无边。

满江红·卜功元兄旅美赋寄

鹏运鲲游，作万里、浮槎仙客。凝望处，飞云底下，人间阡陌。异域山河畴昔梦，今朝广宇云霄翼。对无边、浩荡海潮生，波翻碧。

三十日，驰途辙。求长技，崇明德。任灵心盛取，他山奇石。诸子苦寻经世计，千秋终乏平安策。愿他年，四海比邻居，春风国。

西江月·珠海佛径水库秋游

一

穿过秋林曲径，来寻秋水微澜，果然清丽在深山，收取峰姿岚影。

爽爽风呼鸟应，飘飘步逸心酣，高天万象入吾怀，化作天章云锦。

二

曲曲林间小径，微微波上光岚，平堤临水俯身玩，捧起流霞醉饮。

队队蜂迷蝶梦，层层绿逐红翻，风生万壑卷狂澜，大地霓裳舞影。

减字木兰花

白日做梦，艳语留痕，美人香草，诗骚之风，人有今古，唯心则同，小词一曲，写我本真。

凝思成梦，雪野冰原光影动。篝火一围，流照双眸闪闪飞。

心魂腾越，千万狂花千万叠。蓦地惊回，老树昏鸦哑哑啼。

卖花声

归途遇雨，怅触前尘，万感都来，即赋。

急雨挟风霆，飞过长汀，蒙蒙烟水眼前生。和雨和风舟一叶，漂泊沧溟。

一霎又泠泠，云物空清，连山远树焕然青。宛在海天行旅处，动我遥情。

水调歌头·靖港

百年如电扫，慷慨说繁华。湖山依旧无恙，烟月自清嘉。不见唐时大将，不见清时名相，折戟久沉沙。只有千秋业，留与后人夸。

今古意，来又去，莫惊嗟。放怀直到天际，天际有流霞。踏过长街曲巷，看遍楼台水榭，灯火百千家。一样人间事，安乐即生涯。

柬刘秋泉先生

有梦入山阿，无缘共渡河。我行行热海，公乐乐清波。
街市星无影，山乡月最多。光回修竹里，袅袅听飞歌。

戏语答黎锟兄

画地囚形若自宫，绛云传语小游从。
斋心壁立君尘外，说剑鹰扬我酒中。
一百万年真太久，两三杯后便称雄。
兴酣指顾天都上，九派茫茫色未空。

神曲——赠鸟

青简封神计已非，笼鹅袖手论难齐。
锟铻光怪牛刀破，老树春深付鸟啼。

戏柬二三子

翻书三十年，笑话一筦箕。
鸡汤冒得呷，神经常发癫。
神话已破产，红袖冇沾边。
哪有黄金屋，空想犬登仙。
双肩敲骨响，两耳听风穿。
依然地上走，不敢下长川。

观画，呈陈伟明先生

凌空摄取一枝轻，写到将军意不平。
仿佛其中有风雨，夜深为唱短歌行。

晨雨，车赴长沙，和心斋春游

相见春风十万枝，花间犹说鬓成丝。
可能幻想深情者，别有缠绵悱恻时。
司马琵琶传绝唱，玉溪锦瑟寄相思。
三千春色三千载，不问桃花问所知。

长夜无事，作此自遣

脱去重棉又上身，几番冷暖过三春。
侧身夜半虚前席，为卜阴晴问鬼神。

答义平王兄婺源，兼柬功元卜兄深圳

闻着花香便破关，庄生蝴蝶小痴顽。
重游我到先传语，要看双溪四面山。

倚枕无寐，读溥儒诗文集题后

秦时古月冷依然，汉帝雄风塞外传。
唐宋光华歌几阕，元明烟火曲千篇。
王孙芳草留残唱，大道青天又播迁。
读罢霜飞头有雪，阿房宫赋待重笺。

甲午除夕

岩壑潜龙未出渊，来禽举翼带飞烟。
鸣弦雨线连今夕，入耳春声送旧年。
岁月何长云计算，行藏不住水流传。
遥思夫子当年意，写入迎新惜逝篇。

坐　断

久无荡气遏云歌，幽绝清吟竟入魔。
拾慧丛残嗤小道，求珠溟海誓沧波。
耕烟远负三山侣，蹈火终惭九死蛾。
坐断长宵和月饮，深杯杯底是山河。

答功元兄，兼呈诸师友

蜃气迷楼聚塔沙，火中惶恐敢鸣笳？
灵苗毁后无灵药，老树依然只老鸦。
九地尘扬魂激烈，九天霞卷语低呀。
横流举步荒荒辙，自奠当年手种花。

晴　阴

临江阁消寒后一日，写寄李、周、卜、邹诸君子。

晴阴只合付仙官，冷暖全听夜雨弹。
溪水平添江水急，文星沉醉酒星酣。
沙场旗鼓将军令，野屋杯盘苜蓿餐。
新燕归时杨柳岸，春流同上短长滩。

黄山纪游

盖闻向隅问天，不免井中之想；寻章趁韵，难辞脚后之名。是以万卷书，万里路，腾霄照渊，其唯仰止；霎时景，霎时心，枕流漱石，小有欢欣。于时岁在甲午，节序仲秋，因少宏李大兄之高致，从漾澜周兄、和平邹兄两画师之骥尾，有黄山之壮游。兹游也，计日则七昼夜，计程逾三千里，计诗仅十二章。谊高路远，无以为酬；景丰腹俭，长歌暂阙；短句先声，抱愧而已。

一

出尘之想入尘身，仁者情怀智者神。
一诺同行朝夕至，新安江上暂来人。

二

新安江上暂来人，已备行游第二程。
明日黄山山顶上，观涛云海听松声。

三

观涛云海听松声，岂有闲情赋落英？
画师手段诗人眼，对景临风百怪生。

四

对景临风百怪生，阵云千里眼前横。
云中出没山无数，宛若群鸿戏海行。

五

宛若群鸿戏海行，兼程长路仗鸥盟。

山川为主人为客，一揖青山共送迎。

六

一揖青山共送迎，劳劳行役亦何名？

曙光亭上光明顶，载月晨兴祝启明。

七

载月晨兴祝启明，林中夜气尚飞清。

梯云踏石三千仞，鸟语轻扬蓦一鸣。

八

鸟语轻扬蓦一鸣，天边云破渐生明。

涧中泉水枝头鸟，唤起游人一往情。

九

唤起游人一往情，云中举目雾中行。

穿岩绕树通天路，立足峰巅逼太清。

十

立足峰巅逼太清，下方天地几阴晴。
人间百折千回过，不觉登山路不平。

十一

不觉登山路不平，云林飞度羽毛轻。
临崖挥手天都远，有愿同期雪后晴。

十二

有愿同期雪后晴，登车回首雾盈城。
未酬海雨天风曲，先奏流云送月声。

柬朱杰、黎琨二兄

未面九年壁，依然弄旧琴。

回旋双足健，语默百年深。

轨辙云埋栈，声华叶去林。

狂猿全醒后，破涕送飞禽。

四十五岁自寿

南向风从北，西行月自东。

良辰今日始，牢落一时穷。

作赋情无已，遗形墨有踪。

无多心愿在，泱漭大王风。

寂　照

读心斋兄赠静池兄雅什，临风步韵，即柬静池兄，兼呈心斋兄博粲。

明驼大漠北，铁板大江东。
悲喜当年了，升沉何日穷？
有诗吾有命，无笔尔无踪。
寂照迷离处，吹来一段风。

在　家

在家真似在天涯，也有朝霞与暮霞。
把卷十年书泛滥，挥毫千纸笔横斜。
春云淡泊含灵雨，秋气澄鲜走月牙。
截断飞沙三百丈，扶疏木叶叶中花。

甲午秋夜

且听风吟也是诗，秋虫流响合成词。
楼台光影依稀在，月已归来竟不知。

和祥北王兄句意

不闻晨鸡啼，偶听黄叶落。
落尽万千枝，看见山一角。

甲午中秋后一夜，于深圳

立身如立鹤，形影未成三。
北斗栏杆北，南人岭海南。
量天乘寸胆，问道汲深潭。
泥爪全收后，归航指远岚。

柬友人

一

心与手同在，移情瞬息驰。
群贤挥大笔，下走颂芜辞。
浪起花千叠，声来风一时。
倾河呼白也，载月到茅茨。

二

一灯续日月，驹影迅飞驰。
布散相思地，淋漓吹剑辞。
高鸿都去后，大块独行时。
不畏马蹄疾，当年只惠施。

注：一灯，傅青主句。

答李莹波兄

把镜回看已了然，更无华彩况华年。
闲情拾掇裁成句，附丽名山草木篇。

结　网

结网为渔计，持囊乞米驰。
空悬无影剑，遥礼大风辞。
石破天惊雨，云昏日暮时。
白丁唯我欤，野望在茅茨。

读李莹波兄登黄鹤楼诗，赋寄

想见登楼愤不平，对长江水怒呼兵。
书生意气英雄种，七尺身躯万丈情。

形　迹

功元卜兄游历英伦，方归数日，复偕游苏、鄂、湘，拈此即赠，兼呈方强兄，时在武昌也。

岛国烟帆十日张，一麾江海又三湘。
他年把酒论形迹，君似鸿飞我燕忙。

仲夏清宵

无我无人境，销声子夜蝉。
围香供鼻饮，煮水淬心弦。
春了春声断，灯深灯影悬。
诗成风雨后，高咏大同篇。

隔　海

功元卜兄行旅英伦，忽颁远命，为天遗夫子法书展撰赞，天明急就，不能当意，大惭！倚窗远望，写此自嘲。

隔海传声令急颁，大西洋外起重澜。
疲兵驽马无名剑，哪可飞登万仞山？

答李莹波兄

历历山河在，苍茫涉想遥。
莺声已齐放，春色未全销。
入画云何状，寻诗酒几瓢？
贞柯灵草地，长路接长桥。

归 乡

黄材—青洋湖—密印寺，一路故家山也。快吟，即呈杨、周二兄。

此是归乡路，沿途看旧山。
湖光射幽谷，青嶂指云间。
顶礼无言佛，相思几道弯。
回心桥再渡，来唤水牛还！

暮春夜行

百里归程柳两行，夜风中带夜花香。
举头山上云间月，来照行人过大江。

春　钓

一片好江山，春残景不残。
长柯风里外，花气水中间。
剪影飘新燕，持竿下碧湾。
堤边千个柳，暂遣蝶当关。

雨　望

此岸高楼千百间，好风都在隔江山。
楼头雨并风中雨，流下清江第几湾？

挂　席

高阁凭风望远流，湖山无恙要长游。
挂席沧溟无后我，花间莺燕莫迟留！

云　朵

云朵来又去，随风相往还。
偶然飞远海，终自绕高山。
载舞松千尺，回环水百湾。
本来非定相，何处蹈重关？
雨后长虹贯，相逢一笑间。

柬刘秋泉先生

鹤鸣九霄上，夫子浩然还。
云彩出幽谷，春流下碧山。
带云峰几朵，过水石何湾？
雾隐龙无悔，花开鸟破关。
长歌声不绝，余响落人间。

甲午谷雨，把茗咏树

南方嘉木树翩翩，枝拂丹霞叶拂烟。
雨过风来千百度，芳馨冉冉满山川。

云　衢

云衢为道路，千里迅飞来。
慰我三生想，凭君一笑开。
沉酣风雪夜，怅惘别离杯。
三万六千日，相逢能几回！

晴　云

南太湖春行，同邹、陈、晏、肖、谢、钟、高诸友。

一

一碧晴云一碧空，轻车鸣笛一番风。
不必将心问垂柳，青山青到水当中。

二

微风吹不起春潮，水面平波接九霄。

小艇载波人载酒，云间江上两逍遥。

读　史

抟泥作器金同价，撒豆为兵事独奇。

鹿马蕉风蜂蝶梦，不堪对语腹中脾。

春夜江行

一刹花开到此辰，果然冬尽是三春。
吴根越角青千叠，楚甸秦川雁几巡。
唤起枝芽微雨过，吹开眉目暖风新。
棹歌渔笛清江上，曲岸高堤踏草茵。

有　赠

雪花去后又春花，三月春阳百丈霞。
一座同欢千盏酒，万山以外我烹茶。

和莹波李兄

不借东风借北风，果然才与鬼神通。
此间亦是风兼雨，望雪深心尔我同。

癸巳岁末之晨，倚枕口号

是异非同两可间，即心住处佛同还。
无端首尾由龙变，自负肝肠似蝶顽。
一默风凉花不语，百年事往迹连环。
吹灯举目天方白，相对嫣然看远山。

一　木

袖手无长揖，心声叩昔贤。
千夫皆直指，一木久通天。
冠盖青云荡，岩根下土鞭。
不须因粪力，来自大荒年。

元旦夜作

云霄天马出，流电又飞来。
龙虎无声后，风雷此际回。
千山千里碧，万象万方开。
双拭乾坤眼，倾河酒百杯。

搴　旗

因缘无远近，忧乐古今分。
壁垒虫沙化，狼烟鸟兽闻。
脱缰驰野马，投袂引长云。
猛悔来时意，搴旗别雀群。

忽然想到，戏作博笑

萍末风能起巨涛，片言生杀利如刀。
金汤固险堤千里，大患居安蚁一巢。
检点蛛丝开慧眼，破除光怪出雄韬。
长弓响箭方天戟，左射苍狼右射雕。

有　好

有好皆成癖，夜读到鸡鸣。

岂关天下计，略见古今情。

以此养吾气，因之又日新。

窗前光已白，相对两分明。

念奴娇·四川之行

奇峰云表，踏长风、飞上岷山一笑。雪里川原、银世界，更有蓝天远照。春雨江南，秋风塞北，俯首齐倾倒。英雄过后，风光依旧安好。

不须拔剑倚天，置身已在，千仞之霞峤。挥手扫天才一握，不住流光草草。思古幽情，看花艳想，到此俱缥缈。他年重到，应共青山未老。

花鸟画诗十九章

一

笔浑厚、墨华滋，行健从天某在斯。
心中花木三千树，又到来禽果熟时。

二

雁阵云程向异乡，鹰扬天路破遐荒。
芦汀荻浦长松涧，秋水伊人在一方。

三

不为奇木即奇花，摄取精灵赞物华。
挂壁香来来不歇，风中飞出几枝霞。

四

笔含春意墨光华，不老之灵不朽花。
一叶一花生一愿，万千福送万千家。

五

署款书名号老囷，胸中天地应藏春。
请君快意三千幅，持赠深情绝世人。

六

吹弹成别调，英爽立亭亭。
秀野无尘浪，中流有大星。
一心同鹤白，双眼向天青。
骨炼千山后，低眉读道经。

七

生为君来便共游，也同春色也同秋。
春山秋水无涯境，只种芳菲不种愁。

八

好花开遍小园中，好鸟飞来一剪风。
深巷卖花人不到，老夫收拾挂墙东。

九

一枝横出也生香，数朵朝阳更有光。

待到夜深风悄悄，开窗读月对明妆。

十

济胜能游山水窟，多情长写四时花。

画师心有无穷愿，种了春风又种瓜。

十一

风光花两面，情韵石中间。

嫣然坐相对，如彼旧时颜。

十二

仰看天青俯草青，好风常在小园庭。

觅得沙虫来果腹，不念阿弥陀佛经。

十三

养荷轩主远凡胎，大叶粗枝放浪开。

翠盖千张花万盏，蜻蜓飞去鸟飞来。

十四

雨中万瓦万楼台，灯火微茫朵朵开。
祝五百年春再到，溯三生路我重来。

十五

一城春雨暮飞光，一碧春江野渡旁。
君子不来我不出，投诗供养水仙王。

十六

田头屋角尽蕉林，大叶开张一丈荫。
不是挥毫老和尚，只来深处借凉阴。

十七

榴之籽，鸟之食；难得开，莫丢失。

十八

干如古铁，花如雪白。
挂壁香来，其味如清茗之洌。

十九

红尘一骑去无歌，开落天南海雨多。
别有知音人隔代，东篱不见见东坡。

王义平兄惠诗、赠茶，赋谢

百无一用仅酬诗，壮不如人即可知。
把盏思飘清兴发，双溪一别已多时。

答王义平兄

一片江南大隐踪，手挥流水问飞鸿。
雨余风定潇湘夜，短句闲裁远赠公。

柬刘秋泉先生

子曰知天命，回观便了然。
笔头新活力，眼底古长川。
草木如如化，虫鱼色色全。
青山屋后梦，寂照一时圆。

杂　感

灵药千年草，狂花一寸根。
药囊关性命，花影夺心魂。
托命深培土，收魂尽扫痕。
荣枯分世界，花落草当门。

赠印人

石上精魂腕下风，惊涛走雪气行空。
袖藏寸铁秦刀客，掌握千珠汉巧工。
鼓瑟湘滨峰绰约，餐霞古道乳交融。
凿开星海光倾泻，红化奇花白化虹。

孑 孓

读《黄漳浦集》，感不绝于心，谨造芜辞，用吊昔贤，并以为先师逸夫夫子百周年诞辰纪念。

分痛苍生系一身，甲申前后仰斯人。
抛将骏骨逢奇祸，欲起枯桑返旧春。
智照全知三代事，灯传不尽百年新。
愧无大力开生面，孑孓中流远避尘。

邂　逅

乙未立秋日作，时台风“苏迪罗”起于东南海上。

邂逅穿云一袭虹，涛声伊始海之东。
弥天鼎沸秋方立，溯影心惊岁已中。
百草藏烟犹积翠，层林来日便深红。
热风斩绝凉风起，冷笑飞蝇勿恼公。

晨　起

园居无地作楼居，花径芳洲迹久疏。
高树吹云风乍起，明河当户影凌虚。
填胸往事观前史，信手临池检弃书。
初日未升灯未灭，回身展足下庭除。

闻　鸡

草木无心记起居，萧条鱼雁未裁书。
牛刀技艺终何有，画虎锋芒小卷舒。
匹妇匹夫诗渐废，三更三点字闲涂。
鸾扬凤举清音渺，凭仗鸡声唤醒余。

北窗秋日

倦羽难栖止，风凉血未凉。
青天停悄悄，白日走苍苍。
射虎惊磐石，乘槎说大洋。
有无三亩宅，解脱九回肠。

步园，答刘秋泉先生

不复吹箫说剑心，忽闻风动又沉吟。
放他腐草归山鬼，载我明光报德禽。
老子步园衣拂露，儿童鼓舌语殊音。
前庭后圃周三匝，仰止虬枝叶底荫。

杂　言

中秋夜读，见启元白先生书咏春词，拟句飞声。

秋云一何碧，秋月一何鲜。
我有东坡一曲，不能寄到当年！

读陈伟明先生画

曾经沧海小登临，曾逐丰狐入远林。
曾见春花与秋草，芳馨一握又沉吟。

张灯对画，有此颠倒之想

一卷河山万里图，移灯合掌便全收。
空诸四壁来新月，只载灵光不载愁。

题陈伟明先生山水、花卉图

花开愁绝有微霜，扫叶千枝剑发芒。
返我初衷皈我佛，山川绕壁夜生光。

读陈伟明先生画作

一

亦如秋色万重丹，且作春来百卉看。
载笔披图三祝语，一枝一叶写平安。

二

小楼一角对千山，四季光芒异暖寒。
听彻夜深风雨里，但为君故几盘桓。

陈伟明先生《周漾澜山水·序》读后

不为尧存与桀亡，花开深谷水汤汤。
看公入海登山后，捧出灵珠照大荒。

题王祥北兄《杏花春雨江南图》

王郎斫地叫春来，打点长柯雨里栽。
最好风吹江两岸，杏花江北也成堆。

题王祥北兄《山水圆扇》

一

不在繁枝密叶中，无云无雨两三峰。
观图疑似秋冬际，自有春心暧昧通。

二

一环如月十分圆，安顿山河万里天。
只此一枝亲手种，上摩红日下流泉。

戏题王祥北兄《牛毛皴山水新制》

少年牛角向天歌，壮士牛毛织锦坡。
老子无能遥下拜，牛皮破浪过长河。

陈伟明先生惠示一照二图，各系一绝

一

谋成琐碎命何廉，坐对苍茫愧昔贤。
勒马临崖鸿一叫，看公伐木万山前。

二

万牛之力不能移，万卷埋身亦自贤。
只少烟霞三万朵，未能供养小窗前。

三

得雨空枝又破芽，经冬腐草再生花。
人心并共春心起，初苗灵苗待剪霞。

步韵答卜功元兄

短柬飞来本事诗，梦中种柳说恩师。
十年我忆西湖上，荷影当楼赋小词。

读王祥北兄《临流图》

北山云好涨深蓝，南树青葱落碧潭。
栖木一枝云一朵，临流缩脚入深龛。

《草灰集》成编，系后

唐人壮采六朝辞，早岁轻狂两拟之。
意结微茫明月赋，目穷高迥冠云枝。
示人一束离披草，了我平生窈窕思。
飘絮归泥花坠土，清宁飞想忽沉时。

附录一

虞逸夫先生传赞

公讳逸夫，晚自号天遗老人，姓虞氏，籍江苏武进，客寓湖南长沙。公少时问学于杨霞峰先生；弱冠入无锡国学专修学校，受业于唐文治、钱基博、陈天倪诸名宿。当此其时，公以诗文受知于钱名山先生，名山老人于公有厚望矣。后以避寇西行，溯长江而上，由湖北湖南走广西，客桂林，未几入川，居渝，迷漫烽烟十年之久，漂泊西南千里之地。其间，作教员，业编辑，为仕宦，盖欲于家国存亡之际，有以尽夫匹夫之责也。日寇败降后，公有憾于时局，以复性书院董事会秘书之职，从马一浮先生游，遂委心于学；马先生尝赏公文辞书法俱美，蔚然成家，进德之猛近乎道矣！上世纪四十年代末，应妻父董志澄先生之召，任大同文化社董事，具大悲之心，怀济世之志，有愿无尽也！始栖息于武汉，转寄迹于湘滨。当陵移谷易之时，海宇多事，欲静难止。五十年代初，公身入缧绁，凡二十八年。

七十年代末，时政渐开，公以再生之身，重筑覆巢之室。后受聘为湖南省文史馆馆员。夫贞松介石之性，岂严霜毒焰所能磨灭者！公既得安处宁生，乃于祖国文化传薪播火，倾心不竭；待四方来学之士求知论艺，写诚盎然。公平生著作，而立之年曾刊《鹿野堂诗稿》一部，颇获时誉；而遭逢多故，后有所作，皆已散佚；六十五岁之后，三十余年来，则公之诗文及书翰，因时推移，渐作渐丰，渐传渐远，近复有湖南省文史馆董理之《万有楼诗文集》《虞逸夫书法集》流布于海内外矣。公言诗，主情，早岁学汉魏，重风骨，好昌谷，慕瑰奇；壮年究心玄学，有所思则有所见，学乃稍入于诗，然无碍于诗也；度尽劫波，晚乃栖心禅悦，透澈中边，乃如花枝春满，天心月圆，故所作情与理，二而一，一而二，无复畛域矣！公论书，主神，不斤斤于微末。少时曾仿时流如郑孝胥辈，未久即弃去。即自商周甲骨文始，顺流而下，习钟鼎、汉隶，至魏晋楷草乃止，自谓不学唐以后一笔也。暮年沉酣于两汉简帛书迹，心摹手追，积之数年，忽尔忘怀所有，纵笔而书，为篆、为隶、为楷草，虽有书体之异，书神一也。盖公以为，书，末技耳，唯学殖富厚、才情充盈者，能有识有守，然后能求真，然后能择善，然后神不乱，神凝于一也，然后无施不美矣！公尝言："欲知我者，观于吾诗及书可也。"

孟子曰："我善养吾浩然之气。"于戏，大哉斯言也。若公者，亦庶几斯人乎！公以一九一五年十二月生，以二〇一一年九月二日归真于湖南醴陵妙觉寺，享年九十又七。呜呼！公长往矣！昔梁简文帝为陶隐居墓志铭有言："夫真以归空为美，道以无形为贵。"公长往矣！来时去顺，乘化何适？虚空无尽，流光无极！予何人斯？何所得而见？何所得而知？心香一瓣，稽首敬颂，其辞曰：

遥遥今古，不舍如川。
道大德广，陶铸洪纤。
岳岳夫子，挺生其间。
贞不绝俗，乘化流迁。
泰岱之松，华岩之仙。
神游八表，骨炼桑田。
渊渊之境，秋水无边。
穆穆其怀，清风百年。

堂堂笔阵，昂举轩轩。

灿灿华章，振迅翩翩。

其行也如龙之矫矫，其识也如鉴之超超；

惟介石之性，不朽不凋。

弟子　卜功元、刘天柱

附录二

虞逸夫先生法书读后

曩者，予诵读先生所为《马湛翁先生书法赞》，钦其识解之超卓，叹其辞采之高华，读而且思，自知必不能至，惟神往无有极也！迄今再读再思，知此实乃夫子自道也；盖书法，一艺耳，然先生与世人相见者多在此，世人之见先生者亦在此。先生之苦心极虑，正在为我等后来者说法耳。如古之大德高贤，欲引人入向上一路，聊示之以一支一节、一语一默，棒喝交加而多方导诱，诚所谓“千门万户，尽是方便之门”也。值兹仰观遗墨，如接清晖，默诵华章，如亲謦咳，不能无所感也，岂可已于言哉！若夫先生少时受教于杨霞峰先生，弱冠求学于无锡国专，受业于钱名山先生，壮岁从游于马一浮先生，及与谢无量、徐悲鸿、张大千、马万里、谢稚柳、钱松岩、王蘧常、钱仲联、冯其庸诸先生之交游或并世俊彦之往来，酬答品鉴，则多已载诸文字，形诸笔墨，流布既广，知者甚众，无待赘述也。

“哲人已逝，良书难得；取精用宏，存乎其人”，此先生题《马一浮集》以谆谆垂诲我者，今日重展题词，拜瞻遗翰，则于我为遗教也。敬录如上，用纪师恩，扬盛德，愿同怀者共志共勉矣。并于纸尾附呈数语，谨申仰止景行之情，其辞曰：

百国文字，异态殊声。
溯乎原始，貌物象形。
虫踪鸟迹，河岳日星。
仰观俯察，妙造惟心。
踵事增华，日用日新。
流程百代，汲古开今。
泱泱华夏，源远流长。
文字光芒，炜炜煌煌。
凿石铭金，不竭不亡。
书艺一道，照映四方。
代有其人，振采传芳。
天遗老子，古道独扬。

少惊宿老，壮友贤良。
遭逢多故，壁立汪洋。
神游三代，目击沧桑。
心含春泽，性洁秋霜。
过化存神，笔阵堂堂。
挟山超海，气体昂昂。
熔秦铸汉，卑三唐也。
一披一拂，水汤汤也。
一点一画，山苍苍也。
长笺巨障，风茫茫也。
元气淋漓，传无穷也。

弟子　刘天柱

附　记

我与天柱兄相识三十年，同出先师虞逸夫先生门下。然天分有霄壤之别，天柱兄能先证正果，结吟成集，而我不能。唯自甘其后，略表数言于其诗集之末，以明叹慕之心。

天柱兄其人，世居长沙宁乡，温厚宽徐，儒雅之士，不世出之偏才也。

人禀五材，修短殊用。谓其偏者，乃因其年将知命，而身无他技，唯喜诗书两艺。日用之外，牣室皆书，别无长物。时时涵泳其中，化机先得。口诵笔宣，随遇而出。思无涯涘，日吟数韵，淘洗汰滤，故成此集。

谓其不世出者，盖以其格局高阔，情思精微；明捷如电闪，妙韵如金石，洞真如炽日。揄扬炳发，使人心开目朗，虚室生白。势若渊泉飞瀑，一泻无穷。气壮云山之美，言论清虚。风雨云霞，流光变幻，皆有佳句；觥筹交错，絮飞花发，皆得机趣。入于两汉，出于三唐，有清心弥往、夷忧味道之高妙。

古人云："人生穹壤间，问生何所为。"晋人张季鹰曰："人生贵得适意尔，何能羁宦数千里以要名爵？"天柱兄神飞意纵，不求仕禄，饱腹之余暇，皆研镜畅游于诗书之境。陈公伟明先生有序在前，再三诵读，知其实忧诗道之艰难也。我亦曾有浅句云"崔子骑鹤千年久，诗道艰难岂无忧"，不敢言同，而实暗合于陈公之论。独天柱兄不顾生理之艰危，无意卑穷之嗟叹，更无畏亲故之睥睨，甘立章缝之林，作占毕书生。以境界之高补爵禄之无，以诗情之富补室家之陋，以韵致之美补声色犬马之俗，以诗文言其际遇之忧乐。正夫子所云"知之者不如好之者，好之者不如乐之者"也。先师在时，每因天柱兄之散漫而忧，又常因其会心而喜，如此，亦可想见其人也。

"行潦无杂于醇乳，燕石不乱于楚玉。"芜杂之言，溢美之词，皆无损益于此集，欲知其诗之大美，观于其诗可也。预卜斯集流布，可以舒胸中之意，遂平生之愿，弘师门之学也。如是，则天柱兄宏愿也。

钱默存先生句云“心游秋水无涯境”，可以写我心矣，谨为天柱兄颂之。

同门弟　卜功元

乙未阳春于深圳锄稗堂

致　谢

“却顾所来径，苍苍横翠微。”陈伟明先生赐序中移太白这句诗作结，真能写我心者！

一本薄薄的小册子，盘曲着一条绵延三十年的时光之径，心迹、行迹，有不能已于言者，或浅或深，都在这里了。所谓三十年为一世，那么，这三百多首诗词，算是这个一世的前尘影事吧！一番感慨小沧桑，虽逝者如斯，而其间的人、物、情、事，种种宛在，不能忘怀也。

首先，向我的父亲刘飞舞先生、恩师虞逸夫先生表达深切的怀念！

恭祝母亲、师母健康长寿！

谨对给予我关心与帮助的家人、师长、友朋道一声衷心的感谢！谢谢你们！

Copyright © 2016 by Life Bookstore Publishing Co.Ltd
All Rights Reserved.
本作品版权由生活书店出版有限公司所有。
未经许可，不得翻印。

图书在版编目（CIP）数据

草灰集 / 刘天柱著 . — 北京 : 生活书店出版有限公司 , 2016.12
ISBN 978-7-80768-174-8

Ⅰ . ①草… Ⅱ . ①刘… Ⅲ . ①古体诗 - 诗集 - 中国 - 当代 Ⅳ . ① I227

中国版本图书馆 CIP 数据核字 (2016) 第 261684 号

责任编辑　邝　芮
封面设计　罗　洪
责任印制　常宁强

出版发行　生活書店出版有限公司
（北京市东城区美术馆东街22号）
邮　　编　100010
经　　销　新华书店
印　　刷　北京隆昌伟业印刷有限公司
版　　次　2016年12月北京第1版
2016年12月北京第1次印刷
开　　本　787毫米 × 1092毫米 1/32　印张6.25
字　　数　100千字
定　　价　48.00元
（印装查询：010-64059389；邮购查询：010-84010542）